KB071878

청어詩人選 293

잊으며 생각하며

김완성 시집

도서출판 청어

잊으며 생각하며

김완성 지음

발 행 처 · 도서출판 청어
발 행 인 · 이영철
영　　업 · 이동호
홍　　보 · 천성래
기　　획 · 남기환
편　　집 · 방세화
디 자 인 · 이수빈 | 김영은
제작이사 · 공병한
인　　쇄 · 두리터

등　　록 · 1999년 5월 3일
(제321-3210000251001999000063호)

1판 1쇄 발행 · 2021년 7월 30일

주소 · 서울특별시 서초구 남부순환로 364길 8-15 동일빌딩 2층
대표전화 · 02-586-0477
팩시밀리 · 0303-0942-0478

홈페이지 · www.chungeobook.com
E-mail · ppi20@hanmail.net
ISBN · 979-11-5860-962-7(03810)

시인의 말

마음에 뒷문이 있다면
때로는 그리로 슬며시
남모르게 도망치고 싶다

때로는 그 문으로
살며시 들어오기도 하게
마음의 뒷문을 열어놓고 싶다

차례

제1부

제2부

제3부

제4부

제5부

제6부

제1부

봄날

섬진강이 그림같이 펼쳐지고
보리밭 종달새 던져올리는 봄날

탁배기 앞에 마주 앉아
날 저무는 줄 모른다고

섬진강 물소리
저 혼자 성화다

봄날의 동화

아침 까치 소리 같은 엿장수 가위소리가
겨우내 잠자고 있던 골목을 깨웁니다

돼지가 마루 밑에서 조그만 철사 도막을
찾아 들고 달려나갑니다

돼지가 엿장수한테 철사 도막을 내밉니다
흘깃 쳐다본 엿장수는 고개를 돌립니다

–저 엿 써! 저 엿 써!
다섯 살 돼지가 커다랗게 소리칩니다

엿장수 가위소리가 저 혼자 웁니다
동네 골목은 못 들은 척합니다

고욤

시골 학교 눈 쌓인 옥상
숫눈 위에 발자국으로
꾹꾹 눌러 새긴 이름

아주 작고 귀여운
고욤이란 그 이름

지금도 녹지 않고
가슴속에 찍혀있는 그 이름

우문현답

어느 여고 국어 시간
–재상네 개가 죽으면 문상객이 많지만
정작 재상이 죽으면 문상객이 없다는
말이 무엇을 뜻하지?
한참 동안 침묵이 고이는 시간

–보신탕 먹으려고 그럽니다
한 여학생의 뜬금없는 대답이다
자기네 동네에서는 개를 잡으면
사람들이 많이 모인다고 한다

또다시 한참 동안 침묵이 고인다

한 사람을 보고

한 사람을 보고
황소로 변할 수 있다면
신화 속 제우스처럼

한 사람을 보고
속 시원하게 울 수 있다면
먼 산 뻐꾸기처럼

한 사람을 보고
밤새워 편지를 쓸 수 있다면
사위어가는 촛불처럼

한 사람을 보고
멀리 도망칠 수 있다면
강물처럼 철새처럼

고향 집 마당

천 년을 덮어도 때 묻지 않는
달빛 이불을 덮고 꿈꾸던
고향 집 마당

별빛들이 쏟아져 내려
도라지 꽃밭이 되는 꿈속
고향 집 마당

떠돌이의 노래

빨아 넌 광목처럼 펼쳐진 하얀 개울물
푸른 구름 '높으리'* 꿈을 키우고

복사꽃 꽃구름 떠서 흐르는
물소리 바람 소리 부드러운 곳

새벽을 부르는 장닭의 홰치는 소리
워낭소리 황혼에 젖어 집으로 가는 길

산 넘고 물 건너 낯선 땅 떠돌다
흙먼지 매워도 눈 감고 달려가는 곳

*높으리: 원주 인근 작은 산 이름

다구 아저씨

–종이가 있으면 담배를 얻어서 피울 텐데
불이 있어야지

담배를 종이에 말아서 피울 때
입만 가지고 다니면서 담배 다구, 종이 다구,
불까지 달라고 한다
하도 그러다 보니 최씨라고 불리지 않고
'다구 아저씨'가 되었다

수염이 많은 얼굴로 언제나 허허 웃는 아저씨
우리 동네에서는 누구나 다 아는 다구 아저씨

저세상에 이사 가서도 다구 아저씨로 사는지

아무나 붙잡고

“술 한잔하자”
아무나 붙잡고 말하고 싶었다
누구나 다 그렇지는 않겠지만
퇴직을 앞둔 사람의 솔직한 심정이다

〈철도원〉이라는 영화를 보고 나서
가까스로 마음을 다잡았다

“끝없이 이어진 철로처럼 하루도
빠짐없이 달리는 기차처럼 살라”
아버지의 가르침을 본받아

결혼 17년 만에 얻은 딸이 병으로 죽어갈 때
병이 위중한 아내가 병원에 입원할 때
교대할 역무원이 없다고 우직한 주인공은
오로지 기차역만 붙들고 살았다

아침저녁으로 들어오는 기차를 향해
자랑스럽게 흔들던 붉은 깃발이
제복을 입은 남자와 함께 하얀 눈 위에
핏물처럼 쓰러져 있다

문맹자

공원 입구에 '애완견 출입금지'
표지판이 무참하게 서 있다

1950년대와 60년대 초에도 한글 문맹율이 높아
군대에서 한글을 가르쳤다

나는 한글도 모르는 문맹자다
유유히 개를 끌고 공원으로 직진한다

엘가를 불러 '위풍당당 행진곡'을
소리 높게 들려주고 싶다

돌아보기

지나간 것은 모두가 그립고 아름답다
말들 하지만 다 그런 것은 아니다

돌이켜보면 좀 더 잘할 걸
별별 일들이 다 뛰쳐나와 줄을 선다

칠판을 등에 지고 분필을 지팡이 삼아
땀 흘리며 꿈을 키우던 푸른 날들

신록처럼 싱싱하게 피어나는 나무들
빛나던 내 청춘은 어디로 갔나

'걷는 자만이 앞으로 갈 수 있다' 밑줄 치고
소를 물가로 끌고 갈 수는 있지만

지나간 것은 모두가 그립고 아름답다
말들 하지만 다 그런 것은 아니다

젊어서 고생은 사서도 한다

'젊어서 고생은 사서도 한다'는 그 말
시쳇말로 금수저한테는 혹시 모를까
흙수저한테는 천만의 말씀이다

어머니 뱃속에서부터 시작해서
고생을 밥 먹듯 아니 죽 먹듯 하고
허기를 물로 달래는 흙수저들은
돈이 있어도 고생은 사지 않는다

가난을 유산으로 대물림하면서
천 길 낭떠러지 사다리를 허위허위
기어오르느라 봄이 오는지 꽃이 가는지
계절을 잊어버리고 닭 소리에 일어나
어둠에 젖어 돌아와 꿈도 없는 깊은 잠

살다 보면 울타리 밑에 국화도 심고
장독대 옆에 부추꽃도 피우고

오늘도 물소리 찾아서
바람처럼 길을 나선다

차(茶)처럼

茶가 근심의 성을 쳐부수는 놀라운 무기이다

–전승업

불기운으로 뜨겁게 만나
비비고 덖여 빚어진 우리 인연

불을 머금은 물에 몸을 풀어
우리 안에 깃든 참미음 불러내고

우리 안에 둥지 튼 근심 걱정
강물에 모조리 퍼다 버리고

물 위에 떠가는 구름을 보리
언젠가는 우리도 구름으로 떠가리

불기운으로 뜨겁게 만나
비비고 덖여 빚어진 우리 인연

미세먼지

아이들이 잘못을 저지르면 엎어놓고
먼지 나게 엉덩이를 때려주는 어른이 없어서
세상에 먼지 날 일이 없습니다

보다 못한 저 위에 계신 어떤 분이
버르장머리 없는 세상을
먼지 나게 두드려 패나봅니다

조팝꽃

조팝나무꽃 하얗게 핀
사월 스무사흘 어머니 가셨다

좋았던 날이 얼마나 되었을까
기뻤던 날은 또 얼마나 되었을까

여섯이나 되는 못난 자식들
멕이고 입히느라 얼마나 허리 아팠을까

어려웠던 그 시절 없는 끼니 때우기
얼마나 답답했을까

살아생전 고봉으로 이밥 한번 못 먹더니
고봉으로 퍼 올린 산소에 누워만 있다

조팝나무꽃 하얗게 핀
사월 스무사흘 어머니 가셨다

제2부

채석강에서

파도도 저물고
도둑처럼 어둠이 왔다

암벽에 연신 머리를 박는
바다의 후회

별들은 모두
모른 척했다

나도 눈 딱 감고
모른 척했다

마음 헹구기

먼 산에 눈을 준다
마음을 헹군다

흐르는 물에 눈을 준다
마음을 헹군다

마음을
붙잡는다

기다리는 마음

귀 열고 기다리는 마음은
나무처럼 앉지도 못하고
바람으로 서성이고 있다

문 기대어 기다리는 마음은
깊은 우물처럼 먼 사람을
온종일 길어 올리고 있다

아프게 기다리는 마음은
파도처럼 잠들지 못하고
긴 밤을 붙들고 있다

호수

배고픈 허기야 물 한 바가지로
달랠 수 있지만

마음의 허기는 호수로도
채울 길 없네

석란(石蘭)

돌 속에 피어난
우아한 향기

속세에 살아도
범접 못 할 여인

천제연폭포

설문대할망의
세찬 오줌 줄기

천 년을 쏟아도
늙지 않는 오줌 줄기

해변묘지

살아서는 이밥을
고봉으로 못 먹고

죽어서야 고봉밥
배가 부르네

꽃창포

태어나서 한 번도
멈추지 않은 파도처럼

당신을 가슴에 담고부터
한 번도 내려놓지 않았다

호수에 사진 박힌 나무처럼
언제나 당신을 노래 부르고

바람이 빗질한 당신 머리에
꽃창포 꽃 한 송이 꽂아주고 싶다

속리산에서

사람의 발길이 닿는 곳엔
사랑과 미움이 동행한다

따라오지 말라고 돌멩이를 던져도
죽자고 따라오는 어릴 적 동생처럼

사람의 발길이 닿는 곳엔
사랑과 미움이 동행한다

안과 밖

풍경 안에서 바라보는
풍경은 그저 그렇지만

풍경 밖에서 만나는
풍경은 자못 다르다

따스하다

다섯이나 되는 어린 새끼들 데리고
호수를 지나는 어미 오리

이따금 돌아보며 새끼들을 살피는
오리 가족 그림이 따스하다

아들 둘, 딸 하나 데리고
호숫가 잔디밭에서 공놀이하는

강아지처럼 뛰노는 가족
그림이 봄볕처럼 따스하다

나는 없다

언제 어디에도 나는 없다
집에서도 강아지는 있는데 나는 없고

학교에서도 이름만 있고 나는 없고
부대에서도 나는 없고 군대만 있었다

응시자 명단에는 분명 있었는데
합격자 명단에는 이상하게 빠졌다

일터에서도 나는 보이지 않고
친구들이 모여도 나는 보이지 않는다

나는 분명 존재하는데
나는 어디에도 없다

산불

산들이 불타고 하늘이 불타고
집들이 불타고 사람들 마음도 재가 되고
벌레들, 짐승들은 어디에

전쟁 때 포탄과 싸우느라 벌거숭이 되더니
해마다 산불에 벌거벗는 몸뚱이 남사스럽다

겨울이 가고 봄이 오고 계절이 가고
다시 여름 가고 가을 오고 얼마나
계절이 오가야 달아났던 산들이 돌아오려나

물 난 자리는 없어도 불 난 자리는 있다고
식구마다 숯이 된 가슴만 시꺼멓게 남았다

흐르는 것들

강은 흐르지 않는다
강물이 흐를 뿐

풀은 흐르지 않는다
바람이 흐를 뿐

사랑은 흐르지 않는다
갈대 같은 마음이 흐를 뿐

시간은 흐르지 않는다
우리가 흐를 뿐

남애에서

황혼은 꽃보다 어둡고
잡은 손은 입맞춤보다 뜨겁다

언덕에 핀 때찔레는
곁에 있어도 눈물이 되고

손끝에 우는 방울새는
떠도는 바람보다 아프다

제3부

꿈

새 학기가 되어 다른 학교로 옮겼다
오후에 자전거를 타고 ○○○산 아래
기와집 솟을대문 앞에 한참을 서 있었다
어디선가 뻐꾸기 노래가 아득하고
하얀 아카시아꽃 향기가 옛날처럼 밀려오고

19년 전의 일이다
자잔한 꽃무늬 파란 원피스를 입은
친구 이종사촌 여동생과 친구와 셋이서
앞개울로 낚시를 갔다

어디서 봤더라 곰곰 기억의 갈피를
뒤지고 나서야 생각이 났다
어떻게 세상에 이런 일이
여섯 달 전 꿈속에서 보았던
그 여학생이었다

하얀 카라의 까치 교복을 입은
여학생이 책가방을 들고 소나무 옆 산길을
내려오고 있고 나는 길 아래 서 있었다
말없이 서로 그윽이 바라보기만 했다

일주일 후 친구가 이모님 댁에 심부름을
같이 가자고 해서 따라갔다
○○○산 아래 솟을대문 커다란 기와집이다
놀랍게도 거기에 그 제니가 혼자 있었다
대문짝을 떼어다 놓고 셋이서 탁구를 쳤다
제니가 지어준 점심을 먹고 강가로 갔다

초록빛 찬란한 오월이라 아카시아꽃이
하얗게 웃고 이따금 뻐꾸기 울더니
어느새 황혼이 앞에 다가와 있다

그 후로 한 번도 그 제니를 만나지 못했다
오늘도 나는 그 강둑에 나무처럼 서 있다

활래정에서

그 사람 같이
낮고 고귀하게
더러는 쓸쓸하게

해마다 연꽃이오면
뜨겁지 않게
뜨거워도 뜨겁지 않게

막무가내 다가오는
연꽃 같은 사람

서울 구경

–서울이 보이지?
어릴 적 서울 구경시켜 준다고 뒤에서
두 귀를 싸잡아 쥐고 들어 올리면
서울은 보이지 않고 눈물 나게 아프기만 했다

그래서 서울에서는 눈물 나는 일이 많은지
그래서 한강의 흐린 물결이 더 높아지는지

안인에서

토요일 오후 볼 것도 없는데
갈매기들이 기웃거린다

파도만큼 왔다가 쓰러진 생각
돌멩이처럼 모아 놓고

나무 1

지루한 장마에 성난 개울물이
해마다 챙겨가는 고향의 섶다리

추석 무렵 동네 울력으로 우뚝 일어나
개울물 건너가는 튼실한 다리

홍수에 끌려간 소식 없는 섶다리
저 혼자 걸어가는 여울물 소리

나무 2

먼 고향 어머니를 불러내는
갈래진 나무

다리 아픈 줄 모르던
달밤의 디딜방아

달빛만 옛날이고
아무도 없구나

나무 3

팔랑거리는 나비 같은 계집애
갈래머리 나뭇가지 사이에

작은 새 올려놓고
가슴 조이던 유년의 새총

새는 날아가고
나는 없다

훈련병의 일요일

햇빛들이 모여 앉은
군대 막사 옆구리

빨래 건조대 지키며
본제입납 편지를 쓴다

빨랫줄 붙잡고 집 보고 있는
바시랑내 끝에 앉은 고추잠자리

고향 집
어머니 보인다

금잔디

심심산천에 붙는 불
소월의 금잔디

세 평만 떼어다가
어머니 산소에 덮어드리면

올봄도 불붙는 금잔디
제비꽃이 눈을 뜨는데

괜찮다 괜찮다

환갑잔치 집 대문 앞마당에
아이들이 두 줄로 서 있다

길게 늘어선 줄은 원주민 아이들이고
짧은 줄은 피란민 아이들이다

이윽고 소쿠리를 든 아저씨가 나왔다
원주민 아이들 줄부터 떡이랑
유과랑 먹거리를 나눠줬다

두 손바닥을 저고리 앞자락에
썩썩 비비고 나서 차례를 기다렸다

피란민 아이들 차례가 되었다
두 번째 아이에서 배분이 끝났다
세 번째 서 있던 내 앞이었다

아무것도 묻은 게 없는데
두 손을 탈탈 털었다

괜찮다 괜찮다 따라오던 달이
어깨를 두드린다

오래도록 잠이 오지 않았다
그리고 괜찮지도 않았다

괜찮지 뭐

–그 사람 어때?
누군가 누가 어떠냐고 물으면

–괜찮지 뭐
언제나 괜찮다고 대답하는 사람

한때는 대형 건설사 현장 소장으로
술독에 빠져 지낸 적이 있었다고

바둑 술자리 고스톱 마다하지 않고
잘도 어울리며 허허거리던 사람

술이 거나하게 취하면 '홍도야 울지 마라'
삼창 사창 말릴 때까지 계속 한다

사연인즉, 군에 있을 때 사귀던 여자가
어찌어찌하다가 잘 못 됐다고

저세상 가서도 황천 주막에서 한잔 걸치면
'홍도야 울지 마라'를 열창하고 있으려나

향수

사람마다 이미지가 다르듯
사람마다 풍기는 냄새도 다르다

어떤 사람은 흙냄새가 나고
어떤 사람은 찔레꽃 향기가 난다

'향기가 없는 여자는 미래가 없는 여자'
단언했던 가브리엘 샤넬
여자는 향수로 말한다

향수를 '30달러의 호사'라고 한다
고가의 의상은 못 사도
향은 몸에 걸칠 수 있다고

파트리크 쥐스킨트의 소설 '향수'에서
소녀들의 향기에 취해 25명이나 죽이고
향기를 수집하는 끔찍한 향수

마틴 브레스트 감독의 영화
'Scent of a Woman(여인의 향기)'에서
향수 냄새로 사람을 읽어내는 시각장애인
프랭크 슬레이드(알 파치노 분)는 향수 냄새로
사람을 읽어내기도 한다

어떤 사람은 흙냄새가 나고
어떤 사람은 찔레꽃 향기가 난다
어떤 냄새로 기억되어 질까 걱정하기 전에
어떤 사람으로 기억되는지를 걱정하라

제4부

춤추는 가족

–이중섭의 독백

풍경은 춤을 추지만
마음속은 그게 아니다

포성에 하늘이 찢어지고
비명에 땅이 주저앉는 죽음을 넘어

불원천리 자유의 땅
천신만고 끝에 붙잡았지만

살아갈 걱정 한숨은 땅이 꺼지고
처자식 볼 면목은 그림으로 뭉개고

미친 세상 안 보려고 춤을 추었다
식구들 미안해서 그림으로 춤을 추었다

소

–이중섭의 독백

소를 캔버스에 잡아보려고
하루 종일 들여다보다가
소도둑으로 몰리기도 하고

저 북쪽 정주에서 모든 걸 다 버리고
남쪽 서귀포까지 목숨 걸고 왔다

코뚜레에 코가 꿰어 죽을 때까지
험하고 고된 일을 하는 소에게
자유라는 걸 선물 하고 싶었다

내가 그린 소 그림에는
코뚜레가 없다

피난민과 첫눈
–이중섭의 그림

피난민으로 떠돌던 때다
산길을 가다가 눈보라를 만났다

눈이 위에서 아래로 쏟아지는 게 아니라
좌우로 미친 듯이 휘몰아친다

허리를 직각으로 구부리고 걷는데
눈보라가 얼마나 세차게 불어대는지

강가 물레방앗간에서
하룻밤 피난을 했다

흰 소
–이중섭의 독백

소는 죽어야
코뚜레를 벗는다

흰 소는 코뚜레가 없다
흰 소는 저승에 간 소다

공기놀이하는 소녀들

–박수근의 독백

하늘 높이 공깃돌을 던져라
붉은 대추 안 떨어지면
별이라도 뚝뚝 떨어지게

하늘 높이 공깃돌을 던져라
알밤이 안 떨어지면
우리 오빠 뒤통수라도 때리게

하늘 높이 공깃돌을 던져라
홍시감 안 떨어지면
우리 아기 고뿔이라도 떨어지게

두 여인

–박수근의 독백

헐벗은 두 여인과 겨울나무는
춥기는 마찬가지다

매운 찬바람 속에서도 나무는
노래라도 흥얼거리지만

헐벗은 두 여인은
노래를 잊은 지 오래다

세상인심 같이 얼어붙은 강물이
쩡쩡 온밤을 울어도 못 들은 척

배고픈 두 여인은 내일 아침 식구들
끼니 걱정으로 잠 못 이루고

나무
–박수근의 독백

포탄과 화염에 놀란 나무들
나뭇잎이 모두 도망갔다

집과 살림을 다 팽개치고
사람들도 짐승처럼 도망쳤다

헐벗고 검게 그을린 나무들만
무너지고 타다 남은 빈집을 지켰다

할아버지와 손자

–박수근의 독백

하늘나라에 갈 날이 가까운 할아버지
하늘나라에서 온 지 얼마 안 되는 손자

손자와 할아버지는 살갑게 친하다
할아버지와 손자는 하늘나라 동문이다

모자 쓴 여인

–마티스의 독백

기다림처럼 목이 긴 여인은
꽃바람을 끌고 가도 아름답고

개울가에 앉아 풀잎 따는 여인은
가을물 소리 여울져도 아름답고

가을 저녁 편지 쓰는 여인은
낙엽 지는 소리 들려도 아름답고

숫눈처럼 잊혀진 여인은
먼 훗날 그때에 아름답다

이카루스

–마티스의 독백

너무 높지 않게 욕심내지 말고
너무 낮지 않게 분수를 지켜

날다 보면 높은 게 없고
날다 보면 끝이 없고

샤갈처럼 '마을 위에서'
붙안고 정겹게 나는 거야

수련

-모네의 독백

등목하고 상추쌈 먹고
시원하게 낮잠 자는 대청마루

소나기 몰고 오는 서늘한 바람
놀라서 달아난 더위

물방울
–김창렬의 독백

진주 귀고리를 한 소녀의
귓볼에 맺힌 아련한 눈빛

세수를 막 끝낸 여동생
눈썹에 매달린 맑은 별빛

개울에서 멱 감다 나온 벌거숭이
몸뚱이에 무지개로 쏟아지는 햇빛

마음 미어지게 하고 가버린 사람
내 가슴에 맺힌 이슬방울

꽃피는 아몬드 나무
–고흐의 독백

오너라 아가야
어서 오너라 아가야

예쁜 얼굴 세수하고
어서 오너라 아가야

네가 꽃피면
엄마도 꽃피고

아빠도 꽃피고
큰 아빠도 꽃피고

온 세상이 꽃핀단다
아가야 어서 오너라

*고흐가 태어날 조카에게 사랑과 축복의 메시지를 담아 그려준 그림

무제

–김환기의 독백

그림은 글 없는 시(詩)다

–시인 호라티우스

어머니가 입에 물려주던 보름달같이 둥근 젓

꿈을 키워주던 고향의 푸르른 산 '높으리'

물고기처럼 깨어있으라 일러주는 개울물

하나같이 마음을 안아 준다

우리는 어디에서 왔는가
우리는 누구인가
우리는 어디로 가는가

–고갱의 독백

나는 어디에서 왔는가
나는 누구인가
나는 어디로 가는가

언제 어디서
누구에게 물어 보나

제5부

댄스

-마티스의 독백

-나라면 지구, 별, 달과 인간과 짐승이
함께 춤을 추는 장면을 그렸을 거다

주제넘게 '댄스' 그림을 보고 한마디 했다
마티스가 붓을 들면서 혼잣말을 한다

인간도 동물도 식물도 우주까지
즐겁고 흥이 솟을 때 춤을 추지만
슬픔이 넘쳐흐를 때도 춤을 춘다

그리스인 조르바처럼
애매모호한 바닷가의 춤도 있고

가을밤 강가에서 물소리와
그림자 셋이서 추는 춤도 있고

나는 인간을 보고
인간을 그렸을 뿐이다

흙가슴

–강요배의 독백

앞섶 풀어헤친 흙범벅 여인
가난을 천형처럼 두르고 논밭에 엎어진
우리들 어머니이고 아내고 딸이다

꽃댕기 분홍치마 봄바람에 살랑거리며
기다리는 사람은 없어도 소쩍새 울 때
공연히 가슴 뛰던 그런 시절도 있었는데

난리 통에 호시절은 도망가고
없는 살림 걱정만 독박을 쓰고
논밭에 내몰린 콧김 내뿜는 어미 소

죽어야 끝나는 등 굽은 집안일
날아가는 새가 부럽다던
허난설헌이 따로 없다

논배미에 물들어가는 것처럼
자식들 입에 밥 들어가는 거 보며
치마끈 고쳐매며 호미를 집어 든다

자화상
–르누아르의 독백

아픔은 순간이고
아름다움은 영원하다

그림은 보는 것이 아니고
읽는 것이다

*르누아르는 류마티스 관절염으로 손에 붕대를 감고 그림을 그렸다.

아담의 창조

–미켈란젤로의 독백

신록이 아슬한 오월의 나무
아, 저릿저릿한 사랑

바람 불어도 끄떡없는 둥지
산새 알 앙증맞다

마돈나
—레오나르도 다 빈치의 독백

—네 소원이 뭐냐?
—눈썹을 그려줘요

—소원이 또 있느냐?
—한 번이라도 좋으니 크게 입 벌리고
시원하게 웃어보고 싶어요

—마지막으로, 세 번째 소원은?
—벽에서 내려오고 싶어요

마을 위에서
–샤갈의 독백

날자, 날자꾸나
한 번만 날자꾸나*

이상이 금홍이를 안고
서울을 뜨는구나

서울은 더러워 버리는 거라고**
세상은 더러워 버리는 거라고

제비***를 버리고
서울을 뜨는구나

날자, 날자꾸나
한 번만 날자꾸나

*이상의 「날개」 중에서 차용
**백석의 시 「나와 나타샤와 흰 당나귀」에서 차용
***이상이 금홍이와 경영하던 다방

꿈에 본 내 모습

–커트 루이스의 독백

–장애인이 아닌 내 모습을 그려달라
장애인 택시 기사가 부탁한다

–한 사람의 꿈을 이루어줄 수있는 기회를
내게 줘서 감사하다

너무 어릴 때 장애인이 되는 바람에
꿈도 장애인으로 꾼다고

그림으로라도 아내 옆에 장애인이 아닌
멀쩡한 모습으로 서 있어주고 싶다고

큰 거리에서 쇼윈도 앞을 지날 때
내 모습이 비치는 게 제일 싫다고

-이게 다치기 전의 내 모습이야
장철재가 친구들에게 그림 사진을 보여준다

-내 그림으로 누군가의 꿈이 이뤄졌다면
더없는 보람이지

유언장, 정물화
–베르나르 뷔페의 그림

뷔페의 그림은 그 이름만큼
음식이 푸짐하다

그는 배고프지만 이름값으로
허기지지는 않는다

선생만큼 궁허한 회백색의
베르나르 뷔페

–어떻게 기억되고 싶은가?
–아마도 광대일 것 같아요

우리 안의 붓다

–황주리의 독백

우리는 '울'이다
짐승을 가두고 키우는 우리도 울이고
초가집 울타리의 울도 우리이다

우리 안에 내가 있고
내 안에 우리가 있다

부처의 얼굴이 내 얼굴이고
내 얼굴이 부처이다

부처의 마음이 내 마음이고
내 마음이 부처의 마음이다

내 안의 마음을 놓치지 말아야 한다
내 안의 마음을 붙잡아야 한다

목이 긴 여인
-모딜리아니의 독백

세상에 제일 어려운 일이
목 빠지게 사람 기다리는 거라지만

사람 기다리는 것보다 더 어려운 일은
잊어야 하는 사람을 못 잊는 거다

플로라의 미친 마차

–헨드릭 게리츠 포트의 독백

꽃의 여신 플로라가 탄 마차가 바람같이 달린다
함께 탄 남녀들이 돈을 세며 술을 마신다

튤립이 그려진 깃발이 바람에 나부낀다
여신과 함께 탄 사람들은 튤립을 소중하게
손에 들거나 머리에 꽂았다
마차를 뒤따르는 평민들은 부러운 얼굴이다

튤립꽃 한 송이값이 천정부지로 뛰었다
'너무 올랐다'
깨달은 순간 이미 때는 늦었다
수많은 사람들의 욕망이 나락으로 떨어졌다

네덜란드를 뒤흔든 튤립 투기의 광풍에
죽음으로 달려간 마차는 돌아오지 않았다

별이 빛나는 밤
–고흐의 그림

늦가을 오후에 십 리쯤 먼 산으로
땔나무를 하러 갔다
한 짐 욕심껏 지고 산을 넘었다
지게에 짐을 지고 산을 오를 때는
그런대로 견딜 만하다
문제는 산비탈을 걸을 때다
비탈길이 미끄럽고 중심을 잡기가
여간 힘이 드는 게 아니다
땀은 쏟아지고 다리는 휘청거리고
입과 코에서는 쇠똥 냄새가 다 난다
그렇다고 힘들게 해서 지고 온
땔나무를 덜어내 버리기도 그렇다
산을 다 내려와서 안심도 되고
좀 쉬어 가려고 지게를 받쳐 놓고
풀밭에 잠깐 누웠다
오스스 한기에 눈을 떠보니 별들이
놀란 눈으로 나를 내려다보고 있다

해돋이

–모네의 독백

아무리 그대가 아름답다 해도
내가 있어 비로소 꽃이 되고

햇빛 따라 변하는 물상의 모습
시시때때로 변하는 갈대의 마음

나물 캐는 소녀들
–박수근의 독백

종다리와 재잘대며 봄을 캐는 소녀들
봄바람이 보리밭에서 미끄럼 타고

비 갠 후 몸이 부른 개울물
큰소리로 노래하고

호미 끝에 불려 나온 봄나물
바구니 속에 넘쳐나고

웃음보 터진 봄꽃들
봄나들이 채비 분주하다

제6부

Time to say goodbye

내가 한 번 본 적 있고
당신과 함께 살았던 나라
지금부터 나는 거기에 살 거예요
당신과 함께 떠날 거예요

– 안드레아 보첼리와 사라 브라이트만 노래 부분

살아서 헤어지는 생이별이거나
죽어서 헤어지는 사별이거나
아프고 서럽기는 매한가지

이 세상에 태어나는 것은
한 조각 뜬구름이 일어나는 것이고
이 세상에서 저세상으로 이사 가는 것도
한 조각 뜬구름이 사라지는 것이라고

어차피 헤어지는 마당이면
잘 가라 잘 가라
손은 흔들지 말자

모란 동백

-이제하 시인에게

김영랑의 모란은 봄날이 가면 한 해가 가고
조두남의 일송정 푸른 솔은 홀로 푸르르고

꿈속에 찾아오는 모란 아가씨
꿈속에 웃고 오는 동백 아가씨

나를 잊지 말라고 매달리지 말고
차라리 나를 빨리 잊으라 하시오

그 사람도 결국은 당신처럼
외로이 외로이 갈 거 아니오

청솔 푸른 그늘에 앉아
아늑한 얘기가 하고 싶다*는 당신 노래

〈모란 동백〉을 듣고 싶은
늦가을 저녁이요

*이제하의 시 「청솔 푸른 그늘에 앉아」 차용

Perhaps Love

어떤 사람은 사랑은 인내하는 것이라고도 말하고
있는 그대로 두는 것이라고도 말을 하죠
어떤 이는 사랑은 모든 것이라고도 하고
사랑은 알 수 없는 것이라고도 하죠

–존 덴버와 플라시도 도밍고의 노래 부분

별처럼 많은 사람 중에
우리들 참사랑이 있다면

별처럼 많은 사람 중에
우리들 개사랑도 있을 테지

먹을 수 있는 꽃이라고
진달래꽃을 참꽃이라 하고

먹을 수 없는 꽃이라고
철쭉꽃을 개꽃이라 했다

I owe you

하지만 저는 당신께 아침의 햇살과
시간이 빼앗아갈 수 없는 모든
사랑스런 밤을 빚지고 있어요
그리고 그 어느 때보다도
지금 삶 이상의 것을
빚지고 있어요
그것이 제가 언제까지나 갚아야 할
가장 달콤한 빚인걸요

–캐리와 론 노래

이렇게 태어난 것도
누군가에게 빚지는 일

이렇게 사는 것도
누군가에게 빚지는 일

모두가 빚을 지고
빚을 갚고 살아가는

우리들의
아름다움

할아버지 시계

길고 커다란 마루 위 시계는
우리 할아버지 시계
90년 전에 할아버지 태어나던 날
아침에 받은 시계란다
언제나 정답게 흔들어주던 시계
할아버지의 옛날 시계
이젠 더 가질 않네
가지를 않네

—헨리 클레이 워크 작곡 〈할아버지 시계〉 부분

한국전쟁 때 원주에서 청주까지
엄동설한 빙판길에 검정 고무신 신고
걸어서 피란을 갔다 아홉 살 나이에

대청마루 위 할아버지 시계는
집을 지키느라 피란길에 나서지 못했다

봄이면 할아버지 지게 위에
수줍게 웃으며 따라온 진달래꽃

가을이면 발갛게 잘 익은 보리수랑
개암도 고소하게 가져다주는 할아버지

전쟁터로 잿더미가 되어버린 마을
할아버지 시계도 장렬하게 전사했다

언제나 정답게 불러주던 할아버지 시계
이젠 부르질 않네 부르질 않네

Green Green Grass of Home

……
그래 그들은 모두 나를 보러 올 거야
그 떡갈나무 그늘 아래 있는 고향의
그 푸르고 푸른 잔디 밑에 나를
묻어 줄 거야……

–탐 존스의 노래 부분

수구초심이라고 여우도 죽을 때는
고향을 향해 머리를 둔다고 한다

누구나 고향을 못잊어
평생 가슴에 묻고 산다

동틀 무렵 사형수가 사형장으로 끌려가면서
고향을 그리워하는 스토리텔링이다

자신이 자기 마음의 주인이 못 되면
육체의 욕망에 끌려다니는
허깨비 인생이 된다
마음 간수를 잘해야 한다

늙은 떡갈나무에 노란 리본을

3년이라는 세월이 흘렀는데, 그대
지금도 나를 원하나요
만약 고향의 떡갈나무에 손수건이
달려 있지 않다면
나는 버스에서 내리지 않고,
우리 일은 모두 잊겠어요
……
지금 버스 안의 모든 사람이
환호성을 울려요
믿을 수가 없어요
내 눈앞 고향의 떡갈나무에
백 개의 노란 손수건이 매여 있다니
……

– 토니 올랜도와 돈의 노래 부분

자기 자신에게는 쉽게 용서를 하지만

타인에게는 여간해서 용서가 안 된다

이 세상에

용서보다 더 큰 사랑은 없다

Donna Donna

시장가는 달구지 위에
슬픈 눈동자를 하고 있는 송아지
높은 하늘에는 한 마리 제비가
공기를 가르며 날고 있네

–존 바에즈의 노래 부분

마차에 실려 어딘가 끌려가는 송아지의 슬픈 눈이
맥없이 수용소로 잡혀가는 유대인들이라고 하더니

'힘이 정의다' 유대인들은 주먹을 휘두르는데
조선의 하얀 새는 소녀상으로 앉아만 있다

도살장으로 끌려가는 송아지가 되지 않으려면
제비처럼 하늘을 자유롭게 나는 법을 배워야 해

허난설헌도 조선에 태어난 게 유감이다
하늘을 나는 새가 부럽다고 그림으로 외쳤다

Sampai Jumpa*

당신을 잊을 준비가 되지 않았다
당신 없이 찻물 끓일 준비도 되지 않았다

당신 없이 별 볼일 더욱 없었다
당신 없이 새벽 닭소리 들리지 않았다

그러나 당신에게 꿈길을 보낸다

*인도네시아 노래 <다음에 봐>

Cosi fan tutte*

세상이 내 거라
그토록 환하게 웃던 당신

내가 언제 당신 보고
웃은 적 있나요?

시치밀 뚝 떼고
딴청부리는 당신

여자들은 다 그래

*모차르트의 오페라 〈여자들은 다 그래〉

You Raise Me Up

당신의 어깨에 기댈 때
나는 더욱 강해지고, 내가 가진
재능보다 더 잘할 수 있도록
그대 날 일으켜 세우네

–You Raise Me Up 부분

매 학기 시 창작반 개강 때마다
아무 말 하지 않고 이 노래를 들려준다

왜 이 노래를 개강 첫 시간에 들려주는지
연유를 짐작하는 학생이 있었는지 모르겠다

계절과 강의 내용과 연관이 있는 노래를
매시간 함께 부르고 강의를 시작한다

14학기 동안 12명을 문단에 내보냈는데
지금도 시 공부에 정진하고 있는지 어떤지

나의 외로움이 널 부를 때

봄비 내리는 날 초가집 처마가 불러주는
낙숫물 떨어지는 소리 같은

비 오는 여름날 부침개 부치는 소리 같은
막대접에 막걸리를 따르는 소리 같은

늦가을 저녁 낙엽 구르는 소리 같은
가을 강물처럼 서러움이 묻어나는 소리

겨울 저녁 흰 눈이 내리는 소리 같은 장필순의
노래와 밀고 당기는 함춘호의 기타 소리

백학

전쟁에서 전사한 병사들 영혼이
고향의 하늘로 돌아온다는 백학

세상이란 전쟁터에서 숨을 거두면
나도 백학이 되어 고향하늘을 날을까